VENTE DU MERCREDI 14 FÉVRIER 1894

HOTEL DROUOT, SALLE N° 11

à 2 heures

TABLEAUX

Anciens et Modernes

AQUARELLES, DESSINS ET PASTELS

MINIATURES

CADRES

EXPOSITION PUBLIQUE

LE MARDI 13 FÉVRIER 1894

DE UNE HEURE A CINQ HEURES ET DEMIE

COMMISSAIRE-PRISEUR	EXPERT
Me PAUL CHEVALLIER	**M. Eug. FÉRAL, peintre**
10, rue de la Grange-Batelière, 10	54, Faubourg-Montmartre, 54

CATALOGUE

DE

TABLEAUX ANCIENS

PAR ET D'APRÈS

Albane, Boucher, Bourdon, P. de Cortone, Diepenbeeck
Dietrich, Doyen, Franck, Greuze, Magnasco
Van der Meulen, Mierevelt
Palamèdes, Van Spaendonck, Subleyras, Téniers
Vélasquez, Victor, Wouwerman, Zachtleven, Zorg, etc.

TABLEAUX MODERNES

AQUARELLES, DESSINS, PASTELS

MINIATURES

DONT LA VENTE AURA LIEU

HOTEL DROUOT, SALLE N° 11

Le Mercredi 14 Février 1894

A DEUX HEURES

Me PAUL CHEVALLIER
COMMISSAIRE-PRISEUR
10, rue Grange-Batelière, 10

M. Eug. FÉRAL, peintre
EXPERT
54, Faubourg-Montmartre, 54

Chez lesquels se trouve le présent Catalogue

EXPOSITION PUBLIQUE

Le Mardi 13 Février 1894, de une heure à cinq heures et demie

Don S. de Ricci

[illegible]412

CONDITIONS DE LA VENTE

Elle sera faite au comptant.

Les acquéreurs payeront CINQ POUR CENT en sus des adjudications.

Paris. — Imp. de l'Art, E. MOREAU ET Cie, 41, r. de la Victoire.

DÉSIGNATION

TABLEAUX ANCIENS

ALBANE (D'après)

1 — *La Toilette de Vénus.*

BAROCCI (D'après)

2 — *L'Ensevelissement du Christ.*

BOUCHER (D'après F.)

3 — *Les Bergers.*

BOUT ET BOUDEWYNS

4 — *Chevaux à l'abreuvoir.*

BOURDON (Genre de Sébastien)

5 — *Le Repos de la Sainte Famille.*

Peinture sur cuivre,

BOURGUIGNON (Genre de)

6 — *Choc de cavalerie.*

CANO (Attribué à Alonzo)

7 — *La Mort de Clorinde.*

CORTONE (Pietro de)

8 — *Le Repos de la Sainte Famille.*

DAVID (École de L.)

9 — *Portrait de femme.*

Toile ovale.

DIEPENBEECK

10 — *La Naissance de Jupiter.*

DIETRICH (Chrétien)

11 — *Jeune Femme faisant un bouquet de fleurs.*

Fine peinture sur bois.

DOYEN

12 — *Le Sacrifice d'Iphigénie.*

Belle esquisse, d'une coloration brillante, rappelant les œuvres de Fragonard.

DYCK (D'après Ant. Van)

13 — *Le Christ au roseau.*

DYCK (École d'Ant. Van)

14 — *La Sainte Famille.*

Esquisse.

FRANCK (Sébastien)

15 — *Hérodiade présentant la tête de saint Jean qu'elle tient sur un plat.*

FRANCK (École des)

16 — *La Flagellation du Christ.*

Cuivre.

GREUZE (D'après J. B.)

17 — *La Pelotonneuse.*

LACROIX (Genre de)

18 — *Marine.*

MAGNASCO

19 — *Paysage avec figures.*

Bon tableau, dans le style de Salvator Rosa.

MENGS (Raphael)

20 — *Portrait d'un cardinal.*

MEULEN (Pierre Vander)

21 — *Halte de chasseurs.*

MIEREVELT (Michel)

22 — *Portrait d'homme, en buste.*

Monogramme H. D. (1645)

23 — *Le Porte-drapeau.*

Intéressant tableau de l'École hollandaise, genre de Cuyp.

NEER (D'après VANDER)

24 — *Paysage, effet de clair de lune.*

PALAMÈDES

25 — *L'Accouchée.*

Composition importante de l'artiste.

POUSSIN (École de NICOLAS)

26 — *Moïse frappant le rocher.*

RUBENS (Ecole de P. P)

27 — *Saint François d'Assise prenant l'Enfant Jésus dans ses bras.*

SALVATOR ROSA (Attribué à)

28 — *Bataille.*

SPAENDONCK (Genre de Van)

29 — *Fleurs dans un vase de cristal posé sur une table de marbre.*

SOLIMÈNE (Genre de)

30 — *Saint Michel terrassant le démon.*

SUBLEYRAS (Attribué à)

31 — *La Résurrection de Lazare.*

TÉNIERS (D'après)

32 — *Les Fumeurs.*

VAN LOO (D'après Carle)

33 — *Portrait de Marie Leczinska.*

VELASQUEZ (D'après)

34 — *Un Philosophe.*

VICTOR

35 — *La Marchande de fruits.*

WOUWERMAN (D'après Ph.)

36 — *Villageois au repos.*

ZACHTLEVEN

37 — *Paysage; vue des bords du Rhin.*

ZORG (Attribué à)

38 — *La Ménagère hollandaise.*

ÉCOLE ALLEMANDE

39 — *Portrait d'un jeune prince.*

ÉCOLE ESPAGNOLE

40 — *La Vierge en prière.*

ÉCOLE ESPAGNOLE

41 — *La Vengeance divine.*

ÉCOLE FRANÇAISE

42 — *Petit Portrait de femme.*

ÉCOLE FRANÇAISE

43 — *Vierge et Enfant Jésus.*

ÉCOLE FRANÇAISE

44 — *Chute d'eau ; effet de clair de lune.*

ÉCOLE HOLLANDAISE

45 — *Marine ; effet d'orage.*

ECOLE HOLLANDAISE

46 — *Paysage avec figures.*

ÉCOLE HOLLANDAISE

47 — *Marine.*

ÉCOLE ITALIENNE

48 — *Loth et ses filles.*

ÉCOLE ITALIENNE

49 — *Le Bain de l'Enfant Jésus.*

TABLEAUX MODERNES

APPIAN

50 — *Plage à marée basse.*

BESNARD

51 — *La Charrette de fumier.*

BERGERET

52 — *Oiseaux morts.*

BOITELET

53 — *La Loge d'une danseuse à l'Opéra.*

BOITELET

54 — *Pâturage.*

BOITELET

55 — *Bouquet de chrysanthèmes.*

BOITELET

56 — *Pavots et volubilis.*

BONINGTON (Genre de)

57 — *Portrait de femme assise.*

Esquisse.

BROWNELL

58 — *Le Marchand de paniers.*

CHATENET

59 — *Portrait d'enfant.*

Toile ovale.

COUTURE (Thomas)

60 — *Portrait de femme.*

Esquisse signée du monogramme et datée 1844.

DARDOISE (Émile)

61 — *Bords de rivière ; effet de soleil couchant.*

DARDOISE

62 — *Corbeaux et rochers sous bois.*

DIDIER

63 — *Le Petit Dessinateur.*

DUHANOT

64 — *Fillette tenant une pomme.*

DUHANOT

65 — *Les Pêcheuses d'équilles.*

DUHANOT

66 — *Jeune Fille en buste.*

FORT (Théodore)

67 — *Chevaux à l'écurie.*

JACQUE

68 — *Chiens.*

Étude.

KEYSER (A. de)

69 — *La Mort d'Élisabeth.*

Belle aquarelle.

LABY (1834)

70 — *Portrait de femme.*

LEPAULLE (1847)

71 — *Portrait de femme.*

Toile ovale.

LEYS (Genre du baron)

72 — *La Lecture de la Bible.*

Monogramme J. D. K.

73 — *Vaches au pâturage.*

MURATON (Mme E.)

74 — *Des grenades, des verres et une bouteille sur une table.*

OCHOA (R. DE)

75 — *La Promenade des Anglais à Nice.*

OCHOA (R. DE)

76 — *Tête de jeune femme.*

OCHOA (R. DE)

77 — *Tête de jeune femme.*

OCHOA (R. DE)

78 — *Trafalgar square, à Londres.*

OCHOA (R. DE)

79 — *La Promenade en bateaux.*

PETIT (LÉONCE)

80 — *Le Chemin du village.*

PETIT (Eugène)

81 — *Plantes et fleurs des champs.*
Étude.

RIBOT (Germain)

82 — *Fleurs dans un vase.*

RIBOT (Germain)

83 — *Fruits et ustensiles de cuisine.*

ROSAL

84 — *Paysage ; effet de soleil couchant.*

TAMBURINI (S. M.)

85 — *Les Jeunes Artistes.*

TAMBURINI (S. M.)

86 — *Jeune Femme endormie.*

VALLETTE (P.)

87 — *Le Parc de Versailles.*

VALTON

88 — *La Diseuse de bonne aventure.*

ÉCOLE MODERNE

89 — *Jeune Fille.*

Genre de Greuze.

ÉCOLE MODERNE

90 — *Tête de femme.*

D'après Watteau.

ÉCOLE MODERNE

91 — *Nymphe et Amour.*

ÉCOLE MODERNE

92 — *Portrait de femme.*

Toile ovale.

ÉCOLE MODERNE

93 — *Jeune Femme tenant des fleurs.*

Toile ovale.

ECOLE MODERNE

94 — *La Laitière en voyage.*

ÉCOLE MODERNE

95 — *Bouquet de roses.*

ÉCOLE MODERNE

96 — *La Cène.*

ÉCOLE MODERNE

97 — *Paysage.*

D'après Corot.

ÉCOLE MODERNE

98 — *Le Chien savant.*

ÉCOLE MODERNE

99 — *Des vieux livres.*

100 — Sous ce numéro, qui sera divisé, environ cinquante tableaux anciens et modernes.

AQUARELLES

DESSINS, PASTELS ET GRAVURES

ALEXANDRE

101 — *Une Danseuse.*

Pastel.

BOUCHER (genre de)

102 — *Le Sommeil de Vénus.*

Pastel.

COUTURE (THOMAS)

103 — *Tête de femme.*

Étude, au crayon noir, pour *les Romains de la Décadence.*

DORÉ (GUSTAVE)

104 — *Montagnes des Pyrénées.*

Aquarelle.

FORT (THÉODORE)

105 — *Chevaux de trait au repos.*

Aquarelle.

GENIPT (B.)

106 — *Groupe de chiens.*
Dessin au crayon noir.

HERVIER

107 — *Les Petits Maraudeurs.*
Aquarelle.

LAMI (Eugène)

108 — *Sous-lieutenant d'infanterie.*
Aquarelle.

LAMI (Eugène)

109 — *Soldat en faction.*
Aquarelle.

LUNEL

110 — *Dessin pour un menu.*
Encre de Chine.

MADOU

111 — *Le Cabaret.*
Beau dessin à la sépia.

MONOGRAMME D. O. (1785)

112 — *Un Camp arabe.*

Aquarelle.

NEER (Attribué à VANDER)

113 — *Bord de rivière en Hollande et villageois se chauffant autour d'un feu ; effet de clair de lune.*

Dessin à l'encre de Chine.

OSTADE (d'après)

114 — *Les Buveurs.*

Aquarelle.

PILLE (H.)

115 — *Groupe de personnages.*

Dessin à la plume.

ROLLAND (A.

116 — *L'Abreuvoir.*

Pastel.

SWEBACH

117 — *L'Attaque d'un fort.*

Dessin à la sépia.

TENKATE (Herman)

118 — *L'Assemblée au Salon.*

Aquarelle.

119 — Quatre gravures.

120 — *Un Almanach suisse de 1839.*

Lithographie coloriée.

MINIATURES

BESSELIEVRE

121 — *Portrait d'homme.*

Miniature ovale.

ÉCOLE FRANÇAISE

122 — *Portrait de femme âgée.*

Ovale.

ÉCOLE FRANÇAISE

123 — *Portrait de femme en robe rose.*

Ovale.

ÉCOLE FRANÇAISE

124 — *Portrait d'homme, le bras appuyé sur un livre.*

Miniature.

ÉCOLE FRANÇAISE

125 — *Jeune Fille coiffée d'un chapeau de paille.*

ÉCOLE FRANÇAISE

126 — *Les Monuments de Rome.*

Miniature de forme ronde.

127 — *Nymphe et Amour.*

Miniature.

128 — *La Charité.*

Miniature de forme ronde.

129 — *Portrait de jeune femme en robe bleue.*

Genre de Hall.
Forme ovale.

130 — *Portrait de jeune femme coiffée d'un chapeau orné de fleurs.*

Miniature ovale

131 — *Portrait du roi Louis XVI.*

Miniature ovale.

132 — *Portrait de Mme Recamier.*

Miniature ovale.

133 — *Portrait de jeune femme les cheveux blonds et coiffée d'un chapeau bleu à larges bords.*

Miniature de forme ronde.

134 — *Portrait de jeune femme tenant des colombes.*

Miniature de forme ronde.

135 — *Portrait de jeune femme en robe rose et manteau bleu.*

Miniature ovale.

136 — *Portrait de jeune femme tenant un loup.*

Miniature ovale.

137 — *Portrait de femme en robe bleue, coiffée d'un bonnet.*

Émail de forme ovale.

138 — *Portrait de jeune femme coiffée d'un chapeau de paille orné de fleurs.*

D'après Mme Le Brun.
Miniature ovale.

139 — *Portrait de jeune femme vêtue de noir.*

Miniature de forme ronde.

140 — *Portrait de Marie Leczinska.*

D'après Nattier.

141 — *Portrait de jeune femme en robe rose et manteau bleu.*

142 — Sous ce numéro, qui sera divisé, trois miniatures : Portraits et Sujet.

SUPPLÉMENT

AMBROISE

143 — *Étude d'arbres et de rochers.*

BALLYON (P. DE)

144 — *L'Odalisque.*

BESCHEY

145 — *L'Adoration des bergers*

Bonne peinture sur cuivre dans le style de Rubens.

BOILLY (Genre de)

146 — *Portrait de femme.*

FAVIER (F.)

147 — *Danseuse espagnole.*

GEORGES

148 — *Un lansquenet.*

LE BRUN (Genre de)

149 — *Le Christ portant la croix.*

PESNELLE (ALBERT) 1881

150 — *Forteresse arabe.*

TÉNIERS (D'après D.)

151 — *Le Joueur de cornemuse.*

THIERRÉ (Eug.)

152 — *Intérieur de parc.*

ÉCOLE ALLEMANDE MODERNE

153 — *Entrée de village.*

ÉCOLE ALLEMANDE MODERNE

(DEUX PENDANTS)

154 — *Paysages et villageois devant une auberge.*

ÉCOLE FLAMANDE

155 — *Saint Michel terrassant le démon.*

Peinture sur cuivre.

ÉCOLE FRANÇAISE

156 — *Le Jugement de Paris.*

ÉCOLE ITALIENNE

157 — *Femme endormie.*

www.ingramcontent.com/pod-product-compliance
Ingram Content Group UK Ltd.
Pitfield, Milton Keynes, MK11 3LW, UK
UKHW021034260726
13994UKWH00005B/2140